KB196913

잇츠북이 어린이 여러분에게 서로 다름의 이해와 우정의 메시지를 드립니다.

저학년은 책이 좋아 45

천하태평 바꾸기 작전

글 임민영 | 그림 박영

펴낸날 2025년 1월 1일
펴낸이 김주한 | **책임편집** 신예서 | **책임마케팅** 김민석 | **책임홍보** 옥정연
디자인 아빠해마 김승우 | **인쇄** 이룸프레스
펴낸곳 잇츠북어린이 | **출판등록** 제406-251002015000039호.
제조국 대한민국 | **사용연령** 8세 이상
주소 (10881) 경기도 파주시 회동길 471(문발동) 몽스패밀리Bd. 301·302호

ⓒ 임민영, 박영, 아빠해마, 2025

ISBN 979-11-94082-19-4 74810
ISBN 979-11-92182-55-1(세트)

잇츠북어린이는 〈잇츠북〉의 어린이 브랜드입니다.

천하태평 바꾸기 작전

글 **임민영** 그림 **박영**

잇츠북어린이

차례

오늘은 좋은 날

3학년이 되어 처음 치르는 학급 회장 선거 날이에요.
선생님이 진지한 얼굴로 말했어요.

"여러분, 회장을 뽑을 때는 후보의 연설을 잘 듣고,
지킬 수 있는 약속을 말하는지 생각해야 해요."

> 안녕하세요. 저는 정규리입니다.
> 제가 회장이 된다면…….

규리는 며칠 전부터 준비한 연설문을 자신 있게 발표
했어요. 달달 외울 때까지 연습을 했더니 하나도 떨리

지 않았어요. 규리는 꼭 회장이 되고 싶었어요. 회장이
자신에게 딱 맞는 옷이라고 생각했으니까요.

"앞으로 친구들이 학교생활을 잘할 수 있도록 도와주
어, 우리 반을 최고의 반으로 만들겠습니다. 감사합니
다!"

마지막까지 야무지게 인사하고 발표를 마쳤어요.

선생님이 칠판에 세 명의 후보 이름을 크게 쓰고, 회
장 투표가 시작되었지요.

드디어 투표용지를 펼쳐 이름을 부르는 시간이에요.

"정규리. 이채연. 한지민. 이채연. 정규리……."

자꾸 엎치락뒤치락하니까 규리의 가슴이 콩닥콩닥
뛰었어요.

선생님이 마지막 투표용지를 확인하고 말했어요.

"정규리! 열 표로 회장에 당선되었어요. 축하합니다!"

아슬아슬했지만 규리가 가장 많은 표를 받았어요.

'앗싸! 역시 나라니까~!'

티 내지 않으려 해도 기분이 좋아서 입이 다물어지지

않았어요.

선거가 끝나고, 회장이 된 규리가 소감을 발표했어요.

"저를 뽑아 주셔서 감사합니다. 오늘 한 약속은 꼭 지키는 회장이 되겠습니다!"

자꾸만 엉덩이가 들썩였어요. 날개가 있다면 당장 집으로 훨훨 날아가고 싶었지요. 엄마, 아빠에게 자랑하고 싶었거든요.

마지막 시간이 되었을 때 선생님이 말했어요.

"내일부터 짝 활동과 모둠 활동을 할 거예요. 지금 자리를 바꾸어 앉을 수 있게 가방을 챙기세요."

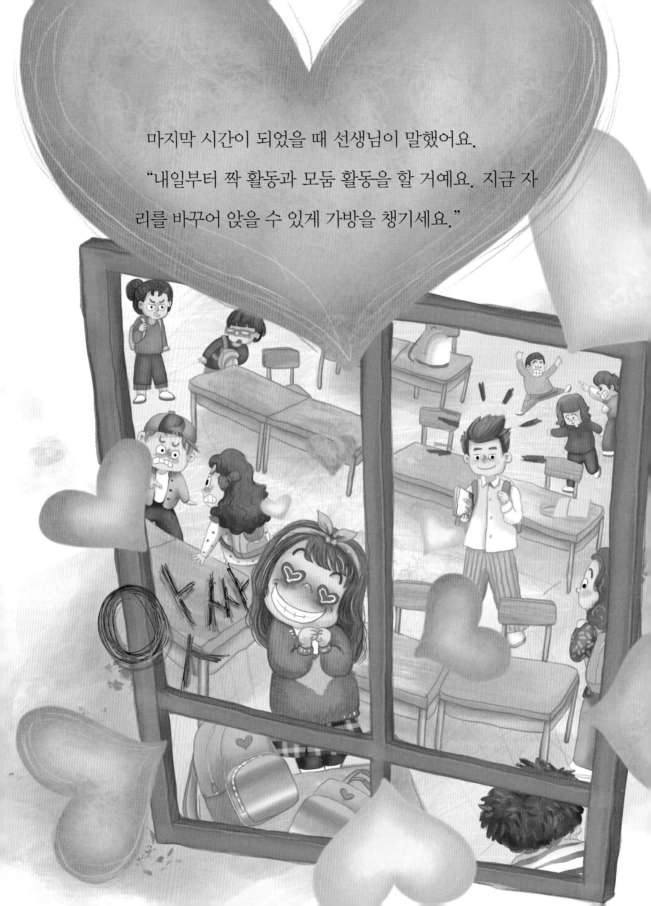

그동안 번호 순서대로 혼자 앉았거든요. 회장도 되고, 자리도 바꾸고! 오늘은 좋은 날이에요.

아이들은 신이 나서 가방을 싸고 자리를 정리했어요. 누구와 짝이 될지 한껏 들떠서 말이에요.

선생님이 컴퓨터로 '자리 바꾸기' 프로그램을 열었어요. '자리 바꿔!' 버튼을 누르면 이름이 빙글빙글 돌다가 무작위로 자리가 정해져요. 규리도 두근거리는 마음으로 화면을 바라봤어요.

다 함께 '셋, 둘, 하나!'를 외치고, 버튼을 눌렀어요.

"뾰롱!"

소리가 나고 자리가 정해졌어요. 규리는 3번이었어요.

가방을 들고 새로운 자리로 가는데 은우도 같은 방향으로 걸어오는 게 아니겠어요?

은우는 자꾸 눈길이 가는 남자아이예요. 늘 깔끔한 얼굴과 옷차림을 하고서 누구에게나 친절해요. 공부도 잘하고요. 장난만 치는 다른 남자애들과는 달라서 규리는 은우가 마음에 쏙 들었어요.

"혹시 너도 3번이야?"

"아니, 난 4번."

아쉽게도 짝은 아니었지만, 바로 뒷자리였어요.

은우랑 같은 모둠이 된 것만으로 배시시 웃음이 나왔
어요.

그때 누군가 가방을 옆자리에 쿵 내려놓았어요.

맙소사, 김태평이라니. 첫날부터 실없는 소리를 해서
눈에 띈 아이였지요.

"안녕, 이채연! 너 회장이지? 내가 너 뽑았어."

"회장은 맞는데, 내 이름은 정규리야."

"그래? 너 이채연인 줄 알고 종이에 그렇게 썼는데,
하하하."

"뭐?"

"괜찮아, 괜찮아. 어쨌든 네가 회장이 됐잖아."

규리는 황당했지만 더 따지지 않기로 했어요. 은우가 보고 있었거든요.

은우의 짝은 여자 4번인 정연이예요. 정연이는 작년에 같은 반이었는데, 자기 할 일은 조용히 잘하는 친구였어요. 이렇게 규리네 2모둠이 완성되었어요.

천하태평 김태평

규리가 기분 좋게 집을 나섰어요. 미리 가방도 챙겨 놓았고, 아침에 착착 등교 준비도 잘했거든요.

교실에 도착하자마자 규리는 가방을 정리한 다음 사물함에서 꺼낸 교과서를 책상 서랍 속에 가지런히 넣었어요. 평화로운 아침이 물 흐르듯 이어졌어요.

오늘은 글쓰기 공책을 걷는 날이에요. 모둠장이 같은 모둠 친구들의 공책을 걷어 노란 바구니에 내요. 이 일은 일주일씩 돌아가면서 하는데, 규리는 첫 번째 모둠장이에요. '모둠을 이끌어 가는 대장' 뭐 그런 거죠.

규리는 모둠장 역할이 좋아요. 작년에 모둠 친구들을 꼼꼼히 잘 챙긴다고 선생님께 칭찬도 받았다니까요.

이런 일은 얼른얼른 해치워야 속이 시원해요. 아직 태평이가 오지 않았지만 다른 친구들 것부터 걷으면 돼요.

"얘들아, 글쓰기 공책 줘. 모아서 낼게."

은우와 정연이가 공책을 건네줬어요.

태평이는 수업을 시작할 때가 거의 다 되어 교실에 들어왔어요.

규리가 다짜고짜 말했어요.

"김태평, 글쓰기 공책 줘."

"왜?"

"오늘 내는 날이잖아."

"맞다, 어제 놀러 갔다가 집에 늦게 와서 깜박했네."

"뭐? 설마 너 안 가져온 거야?"

"응, 어쩔 수 없지."

태평이가 하품을 늘어지게 했어요.

규리는 잠깐 동안 태평이를 째려보았어요.

공책 네 개를 딱 모아서 제일 먼저 내야 마음이 뿌듯한데, 그럴 수 없잖아요.

"휴, 다음부터 잊지 말고 챙겨 와!"

"그래, 그래."

규리는 마음이 상했어요. 보아하니 다른 모둠은 빠짐없이 공책을 냈거든요.

'김태평 때문에 이게 뭐야. 우리 모둠만 다 안 냈잖아.'

순간, 태평이가 얄미워서 알밤을 콕 쥐어박고 싶었지만 꾹 참았어요.

1교시는 수학 시간이에요. 수업을 시작하기 전에, 교과서를 꺼내 놓고 바른 자세로 앉아 있으면 준비가 끝나요. 이건 정말 쉬워요. 교과서를 시간표에 따라 꺼내 놓기만 하면 되니까요. 그런데 김태평의 책상 위는 텅 비어 있지 뭐예요.

"김태평, 수학책 어디 있어?"

태평이가 뒤죽박죽 서랍 속을 휘휘 뒤졌어요.

"어라, 없네. 사물함에 뒀나?"

그러더니 교실 뒤편으로 가서 사물함을 열었어요. 사물함 안에는 온갖 물건들이 어지럽게 뒤섞여 있었지요. 태평이는 겨우 교과서를 찾아 자리로 돌아왔어요.

규리가 최대한 목소리를 낮추어 다그쳤어요.

"우리 모둠만 준비가 안 됐어. 교과서는 미리 준비해야 하는 거 몰라?"

"서랍 속에 있는 줄 알았지."

"어휴, 이 천하태평!"

그때 선생님이 교탁 앞으로 와 교과서를 펼쳤어요.

"여러분, 지난 시간에 어디까지 했지요? 교과서 19쪽을 펴세요."

더 하고 싶은 말이 많았지만, 수업이 시작되는 바람에 입을 꾹 다물어야 했어요.

규리는 도무지 선생님 말씀에 집중을 할 수 없었어요.

태평이가 연필을 뱅글뱅글 돌리고, 지우개를 만지작만지작하는 게 자꾸 거슬렸어요. 수업을 대충대충 듣는 모습에 한숨이 절로 나왔어요.

쉬는 시간이 되자 정연이가 규리에게 말을 걸었어요. 규리의 표정이 어두워진 걸 봤거든요.

"왜? 무슨 일이야?"

규리가 답답한 마음을 털어놓았어요.

"김태평이 숙제도 안 내고 수업 준비도 안 해서."

"아, 나도 작년에 태평이 짝이었거든. 그때도 똑같이 그랬어."

"진짜? 어떻게 수업 시간에 그럴 수 있지?"

정연이가 웃으며 고개를 끄덕였어요.

"그래도 태평이랑 짝했을 때 꽤 재미있었어."

규리는 웃을 수가 없었어요. 정연이의 마지막 말은 귀에 들어오지도 않았지요.

'이게 뭐야. 최고의 반을 만들겠다고 큰 소리쳤는데, 이러다간 최고의 모둠도 못 만들겠네!'

규리는 머리를 싸매고 끙끙거렸어요. 어떻게 해야 좋을지 해결 방법을 찾아야만 했어요.

종이 울리자 태평이가 교실로 들어와 자리에 앉았어요. 그 짧은 시간에 어찌나 신나게 놀았는지 이마에 땀방울이 송골송골 맺혀 있었어요.

"천하태평, 빨리빨리 교과서 꺼내."

태평이가 꽉 막힌 서랍에서 억지로 교과서를 잡아 뽑았어요.

다행히 맨 위에 과학 교과서가 보였어요.

"괜찮아, 괜찮아. 내가 다 알아서 한다니까."

"종 울리기 전에 딱 자리에 앉아 준비해야지!"

"그만 좀 딱딱거려라. 이 딱따규리야."

"뭐라고?"

"풉!"

뒤돌아보니 은우가 웃음을 참지 못해 낸 소리였어요.

규리는 얼굴이 빨개져서 고개를 휙 돌렸어요.

방긋 웃는 해님 작전

"휴, 후유~."

규리는 저녁 밥상 앞에서 한숨을 폭폭 내쉬었어요.

"우리 딸 무슨 일 있어? 웬 한숨을 그리 쉬어?"

아빠가 걱정스러운 얼굴로 물었어요.

"짝꿍 때문에요."

"뭐? 짝이 괴롭혀?"

엄마가 숟가락을 탁 놓더니 목소리를 높였어요.

"아니, 그게 아니라……."

규리는 학교에서 있었던 일을 이야기했어요.

"아, 그랬어?"

엄마는 별일 아니라는 듯 다시 밥을 입에 넣고 우적우적 씹었어요.

"회장 선거 때 약속했단 말이에요. 그런데 모둠 하나 최고로 이끌지 못하면서 어떻게 최고의 반을 만들겠어요. 앞으로 태평이를 꼭 바꿔 볼 거예요."

"최고가 아니면 좀 어때. 이런 친구도 있고 저런 친구도 있는 거지."

아빠가 다독이며 말했어요.

"제가 회장인데 우리 모둠이 뭐든 잘해야죠. 게다가 이건 친구가 잘하도록 돕는 일이라고요."

"이참에 태평이한테 너도 배워 봐. 태평한 성격이 좋을 때도 많다니까. 그 친구는 이 엄마랑 아주 잘 맞겠다, 하하하."

엄마는 목젖이 보일 정도로 시원하게 웃었어요.

"치, 엄마도 아빠도 내 마음을 몰라."

아빠는 잠시 생각에 잠긴 얼굴이었어요.

"흐음, 이렇게 해 보면 어떨까? 갑자기 떠오른 옛이야기가 있어."

"옛이야기요?"

규리가 귀를 쫑긋하며 아빠 쪽으로 몸을 기울였어요.

"『해님과 바람』 이야기 알지? 해님과 바람이 나그네의 외투를 먼저 벗기려고 내기하는 이야기 말이야."

"알죠. 아빠가 들려줬잖아요."

규리 아빠는 어린이 인형극 단원이에요. 어려서부터 아빠에게 옛이야기를 많이 듣고 자란 규리는 웬만한 이야기를 다 알고 있었지요.

"내기에서 결국 누가 이겼지?"

"해님이요."

"그렇지. 바람이 거센 바람을 불어서 외투를 벗기려 해도 나그네는 꽁꽁 옷깃을 여몄지. 해님은 따뜻한 햇볕을 부드럽게 내리쬐어 나그네가 스스로 외투를 벗게

했잖아."

규리의 눈이 반짝 빛났어요.

"아, 그러니까 해님처럼 되라는 거죠?"

"그렇지! 역시 우리 딸이야. 친구에게 따뜻하고 부드럽게 말해 봐. 거칠게 화를 내면 친구의 마음이 바뀌겠어? 잘 생각해 보렴. 좋게 이야기해도 사람의 마음을 바꾸기는 쉽지 않은 일이야."

듣고 보니 그런 것 같았어요. 자꾸 화를 내서 태평이가 더 버티는 것 같기도 했고요.

그런데 천하태평한 모습을 보고 있으면 왈칵 화가 치밀어 올라요. 아무튼 규리는 해님이 되어 보기로 마음먹었어요.

'그래, 어떻게든 김태평을 바꿔 보자!'

"김태평 바꾸기 작전" DATE _____

PROJECT 방긋 웃는 해님 작전! ☀

무조건 웃으며 대하기 따뜻하게 말하기

규리는 방으로 들어와 수첩을 꺼냈어요. 어떻게 해야 좋을지 계획을 세워 보기로 했지요.

제목은 '방긋 웃는 해님 작전'으로 정했어요.

"이 정도면 김태평의 마음도 바뀌겠지?"

규리는 힘차게 고개를 끄덕이며 수첩을 덮었어요.

이튿날 아침, 학교에 도착한 규리는 거울 앞에 서서 웃음을 지어 봤어요. 웃는 얼굴을 보자 왠지 기분이 좋아졌어요. 그때 뒷문으로 태평이가 들어왔어요.

규리는 마음을 가다듬고 태평이를 향해 미소를 지어 보였어요. 입꼬리가 부드럽게 움직이지 않고 씰룩거렸어요.

"안녕, 태평아!"

"하이."

규리는 웃으며 이야기했어요.

"오늘도 잘해 보자. 파이팅!"

다정하게 한마디를 덧붙여 봤지만 영 어색했어요.

그래도 한껏 따사로운 눈빛으로 태평이를 바라보았지요.

"어유, 무서워라. 눈에서 레이저 나오겠네. 오늘 뭔가 이상한데."

'아유, 이걸 그냥.'

소리가 절로 나왔지만, 눈꼬리를 내리고 입꼬리를 올리며 최선을 다해 미소를 지었어요.

화가 치미는 순간에도 규리는 마음속으로 계속 되뇌었어요.

'나는 해님이다. 방긋 웃는 해님이다.'

다행히 오늘 하루는 '해님 작전'의 효과 때문인지 큰 소리 없이 지나갔어요.

그런데 종일 지켜보니 태평이가 학교생활 잘하는 방법을 당최 모르는 것 같아요.

"흠……, 새로운 작전이 필요할 것 같군."

지혜로운 어머니 작전

규리는 아빠가 들려준 옛이야기들을 하나하나 떠올려 보았어요. 그러다 문득 이야기 하나가 반짝 떠올랐어요. 제목은 기억나지 않지만, 어리숙한 아들을 몇 번이고 다시 가르쳐 훌륭한 사람으로 만든 지혜로운 어머니 이야기였어요.

"그래! 이번에는 '지혜로운 어머니 작전'이다!"

규리는 책상에 앉아 수첩을 펼쳤어요.

"자, 뭘 도와줄까? 제일 쉬운 교과서 챙기기. 그 다음으로 숙제 잘해 오기. 이건 일주일에 한두 번 정도니까

해낼 수 있겠지? 자리 정리랑 청소. 또 뭐가 있더라?

아, 맞다! 모둠 활동 때 협동도 잘해야 해."

규리는 쉽게 할 수 있는 것부터 차례차례 써 내려갔

어요.

"좋았어! 이렇게까지 알려 주는데 못할 수 없지."

규리가 두 주먹을 불끈 쥐면서 외쳤어요.

이튿날, 태평이가 늦지 않게 교실에 도착했어요.

규리는 집에서 만들어 온 작은 시간표를 태평

이에게 주었어요.

"이건 미니 시간표야. 책상 위에 붙이고 교과서

를 시간표 순으로 서랍에 넣어 두면 금방 찾을 수

있어."

태평이는 시간표를 받아 책상 위에 툭 올려놓았어요.

규리는 얼른 테이프를 꺼내 뜯어 주었어요. 당장 시간

표를 책상에 붙이라는 신호였지요.

"자, 하나 더! 이건 나만의 꿀팁인데, 수업이 끝난 교

과서를 서랍에 넣자마자 바로 다음 시간 교과서를 꺼내

는 거야. 너도 한 번 해 봐."

"어, 어떻게 하라고?"

규리는 다시 한 번 또박또박 이야기했어요.

"수업이 끝난 교과서를, 서랍에 넣자마자, 바

로! 다음 시간 교과서를 꺼낸다고."

"딱따규리, 오늘은 설명 로봇이냐? 아니다, AI 비서냐? 킥킥."

눈썹이 꿈틀댔지만 애써 친절하게 대하려고 노력했어요. 지혜로운 어머니처럼요.

드디어 태평이가 사물함에 가서 오늘 배울 교과서들을 꺼내 왔어요.

규리의 입가에 만족스러운 미소가 떠올랐어요.

'이야, 작전 성공!'

잘 가르쳐준 덕분인지 태평이는 교과서를 미리미리 책상 위에 꺼내 뒀어요. 덕분에 규리네 모둠은 제일 먼저 수업 준비를 마칠 수 있었지요.

모든 수업이 다 끝나고, 어느새 알림장을 쓰는 시간이에요.

규리는 상냥하게 말을 걸었어요.

"태평아~ 내일은 글쓰기 공책을 내는 날이야. 꼭 챙겨 와."

"아~ 이런! 잊고 싶었는데, 알려 주다니."

태평이가 머리를 절레절레 흔들었어요. 규리는 쉬지 않고 작전에 들어갔어요.

"이건 나만의 꿀팁인데, 집에 가자마자 글쓰기부터 끝내고 공책을 바로 가방에 넣어 놔."

"그건 힘들겠는데. 난 집에 가자마자 놀거든."

규리가 잠시 멈칫했어요.

"응, 그럼 자기 전에 쓰면 되겠네. 쓰기만 하면 되니까."

"글이라는 건 느낌이 딱 왔을 때 써야 해. 그런데 자기 전에는 졸려서 느낌이 잘 안 올 텐데, 어쩌냐."

'아유, 이걸 그냥.'

이번에도 규리는 큰소리가 튀어나오려는 걸 간신히 참았어요.

"그래도 써 올 거지? 꼭 챙겨 와."

선생님이 텔레비전 화면으로

청소 3분 타이머를 설정했어요.

"애들아, 알림장 다 썼으면 청소를 시작하자."

미니 빗자루로 자기 자리를 싹싹 쓸고 나서 모둠 친구들 자리를 함께 청소하면 돼요. 만일 놓친 부분이 있으면 서로 도와주라는 뜻이에요.

규리는 자기 자리를 다 쓸고, 태평이 자리를 살폈어요. 태평이도 나름대로 한 것 같았지만 가방 밑에 쌓인 먼지들은 그대로였어요.

"태평아, 여기 잘 봐."

규리가 책상 옆에 걸려 있던 태평이의 가방을 들어 보였어요.

"이렇게 가려진 곳에 먼지가 많아. 이건 나만의 꿀팁인데, 청소 시작 전에 가방을 의자 위로 올

리고 빗자루질을 하면 쓸기 편해."

규리는 나름의 청소 비법을 전수하면서 남은 먼지를 싹싹 쓸어 주었어요.

"오~ 딱따규리, 고마워."

세상에! 방금 태평이가 고맙다고 밀했어요. 전혀 기대하지 않은 반응에 은근히 기분이 좋았어요.

"우아~! 이 모둠은 친구끼리 도와서 깨끗이 청소하네. 아름답다!"

선생님도 지나가며 규리네 모둠을 칭찬했어요. 규리의 어깨가 으쓱 올라갔어요.

'역시 나라니까!'

하지만 이런저런 신경을 많이 써서 그런지 하굣길이 조금 피곤하게 느껴졌어요. '우리를 챙기고 보살피는 부모님의 마음도 이럴까?' 하는 생각이 아주 잠시 머리를 스쳤어요.

규리는 집에 도착하자마자 글쓰기 숙제를 했어요.

이번 주 글쓰기 주제는 짝을 관찰해서 소개하는 거예
요.

＜내 짝 소개하기＞

정규리

내 짝 이름은 김태평이다.
정확한 뜻이 궁금해서 국어사전으로 '태평'을 찾아
보았다.
'마음에 아무 근심 걱정이 없음.'
헉! 정말 딱이다. 이름처럼 태평한 아이다.
이름 때문에 그렇게 된 걸까. 쓸데없는 이야기만
하고 있다. 흠, 어이없게 웃길 때도 있지만 …….
어쨌든 태평이가 잘하도록 계속 도와줘야
겠다. 나는 회장이니까.
그래서 최고의 모둠, 최고의 반이 되면 좋겠다!

남몰래 우렁각시 작전

　다음 날도 '지혜로운 어머니 작전'은 통했어요. 태평이는 그럭저럭 잘 따라와 주었어요.

　하지만 다음 날, 또 그다음 날이 되자 다시 슬금슬금 원래의 모습으로 돌아갔어요. 규리는 속이 부글거렸지만 꾹꾹 눌러 참았어요. 이러다 지혜로운 어머니의 속이 펑! 터져버릴 것 같았어요. 두 번째 작전은 이제 먹혀들지 않아요.

　하는 수 없이 최후의 작전을 펼치기로 했어요. 아빠가 자주 해 주었던 옛이야기에서 다시 힌트를 얻었지요.

그건 바로 '남몰래 우렁각시 작전!'이에요. 농부가 일
하러 간 사이에 몰래 밥 차려 놓고 집안일도 해 준 우렁
각시가 되어 보자! 뭐 그런 거죠. 그냥 다 해 주는 게 차
라리 쉬울 것 같았어요. 말다툼이 오고 갈 일도 없고요.
 쉬는 시간이 되자, 태평이는 의자에서 튀어 나갔어
요. 걔 의자엔 용수철이 달렸나 봐요.

다음은 과학 시간이에요. 우렁각시 규리가 태평이의 서랍에서 과학 교과서를 꺼냈어요.

쉬는 시간이 끝나고 자리로 돌아온 태평이는 누군가 교과서를 꺼내 놓았다는 사실조차 몰랐어요. 그냥 자연스럽게 과학 교과서를 펼쳤어요.

규리는 과학 문제를 풀지 않고 있는 태평이에게 슬쩍 답을 알려주기도 했어요.

다 잘되어 가는 것처럼 보였지만 정작 규리가 힘들다는 게 문제였어요. 자기 일 챙기기도 바쁜데 짝꿍까지 챙기려니 말이에요.

선생님이 교탁 앞에서 교과서를 펼치며 말했어요.

"그동안 '동물의 한살이'에 대해 재미있게 공부했죠? 오늘부터는 '야생 동물 보호소 디자인하기'를 해 봐요. 지금껏 배운 내용을 떠올리면서 야생 동물 보호소를 어떻게 디자인할지 생각해 보세요. 모둠별로 자료를 만들어 다음 주 부모님 초대 수업 때 발표할 거예요."

그러고 보니 다음 주에는 아이들이 공부하는 모습을 보러 부모님들이 학교에 오시기로 했어요. 규리는 은근히 기대가 됐어요. 모두가 지켜보는 앞에서 잘하고 싶었거든요.

아이들은 책상을 돌려 모둠별로 마주 보고 앉았어요. 먼저 은우가 말을 꺼냈어요.

"발표할 동물을 정해야 하는데, 뭘로 할까?"

"곰 하자! 텔레비전에서 반달가슴곰 이야기를 봤어."

규리가 냉큼 대답했어요.

"황새도 좋은데. 정연이랑 태평이 생각은 어때?"

은우가 다른 의견을 내고 친구들에게 물었어요.

"둘 다 괜찮아."

"나도."

규리는 황새보다 곰이 마음에 들었어요.

"그래도 곰이 나을 것 같아. 황새보다 훨씬 귀엽잖아. 조사할 것도 더 많을걸?"

은우는 떨떠름한 표정이었어요.

태평이가 양손을 휘두르며 곰 흉내를 냈어요.

"곰이 암만 귀여워도 곰 발바닥에 한 대 맞으면 딱따규리 날아갈걸. 킥킥."

"그럼 가위바위보로 정할래?"

정연이가 말했어요.

"아니야, 곰도 괜찮아. 곰으로 하지 뭐."

은우가 규리의 뜻에 따라 주었어요.

아이들은 곰에 관해 이야기를 나누고 조사할 부분을 나누어 맡았어요. 규리는 태평이가 살짝 걱정되었어요.

"김태평, 너 숙제 안 해 오면 알지? 부모님 초대 수업 날 발표 잘해야 하니까 제대로 해 와."

"딱따규리, 너나 잘해."

"야! 너 그렇게 부르지 말랬지!"

"너도 툭하면 '천하태평'이라고 부르잖아. 어쨌든 내가 알아서 할 테니까 잔소리 좀 그만해."

"누군 잔소리하고 싶은 줄 아니?"

"그러니까 그만하라고."

분해서 씩씩거리는데 은우와 눈이 딱 마주쳤어요. 규리는 갑자기 마음이 울컥했어요. 회장이라서 더 잘해 보려고 애쓰는 건데 너무 혼자서 발을 동동거리고 있잖아요. 다 같이 잘하자는 마음도 몰라주고 말이에요.

그래도 참고 넘어가기로 했어요. 규리는 콧김을 깊게 내뿜으며 마음을 가라앉혔어요.

규리는 집에 돌아가자마자 책상 앞에 앉았어요. 맡은 부분을 열심히 찾아서 조사한 내용을 종이에 쓰고, 사진도 다섯 장이나 뽑았어요.

'좋아, 완벽해!'

해야 할 일을 척척 해치우고 나니 마음이 뿌듯했지요. 그 순간, 느닷없이 태평이가 떠올랐어요.

"설마 주말에 시간도 많은데 안 해 오진 않겠지."

얼마나 열심히 했는지 배가 다 고팠어요.

저녁을 배부르게 먹고, 규리는 엄마 아빠와 산책하러 나갔어요.

"아빠, 다음 주 수요일에 부모님 초대 수업인 거 알죠?"

"그럼, 우리 딸 보러 갈 거야."

아빠가 규리의 머리를 쓰다듬었어요.

"참, 짝꿍이랑은 잘 지내고 있어?"

"어휴, 다시 똑같아졌어요."

엄마가 그럴 줄 알았다는 듯 웃었어요.

"규리야, 사람은 잘 바뀌지 않아. 아빠를 보렴. 엄마가 방귀를 뿡뿡 뀌어도 바꾸려고 하지 않지? 그냥 있는 그대로 엄마를 보는 거야. 그러다가 엄마한테 좋은 점이 있다는 것도 알게 되지."

엄마와 아빠는 서로를 쳐다보며 눈을 찡긋했어요.

"그래, 태평이를 도와주는 것도 좋지만, 가만히 보면

태평이만의 좋은 점이 보일걸?"

좋은 점? 어떤 장점이 있을까? 요리조리 눈동자를 굴

려 보았지만 딱히 떠오르는 게 없었어요.

같은 마음? 다른 마음!

"지난 시간에 이어서 발표 계획에 따라 자료를 준비해 왔지요? 모둠별로 발표 자료를 만들어 봅시다. 도화지랑 사인펜은 앞으로 나와 가져가세요."

규리가 재빨리 일어나 커다란 도화지와 사인펜 두 세트를 챙겨 왔어요.

"다들 잘해 왔지? 글씨를 나눠서 쓰고, 사진도 여러 장 붙이면 좋을 것 같아."

아이들이 집에서 준비해 온 자료들을 하나둘 꺼냈어요. 그런데 태평이는 아까부터 가방만 뒤지고 있네요.

“어? 이상하다. 어디에 뒀지?”

“뭐야, 김태평. 너 숙제 안 했어?”

규리가 설마 하는 마음에 날카롭게 소리쳤어요.

“했어. 기다려 봐…….”

“정말 안 해 오면 어떡해.”

규리는 소리치고, 태평이는 계속 가방을 뒤적였어요.

했다니까!

"그 버릇 어딜 가냐? 잃어버린 척하고 있네."

"진짜 했다니까!"

태평이가 버럭 소리쳤어요.

"거짓말하지 마!"

규리도 질세라 소리를 빽 질렀어요. 둘에게 시선이
모이고, 선생님이 굳은 얼굴로 다가왔어요.

"무슨 일이니?"

"선생님, 김태평이 숙제를 안 해 왔어요."

"아니에요. 숙제 해 왔어요. 분명 챙겼는데⋯⋯."

선생님이 규리와 태평이를 번갈아 쳐다봤어요.

"일단 있는 자료들로 만들고, 태평이와 규리는 나중에 따로 이야기하자."

먹구름이 잔뜩 낀 분위기에서 모둠 활동이 잘될 리 없었어요. 은우와 정연이의 표정도 어두웠어요.

"후유."

쉬는 시간이 되자, 태평이는 또 교실 밖으로 나갔어요. 규리는 그런 태평이의 뒷모습을 도끼눈으로 노려봤지요.

문득 다른 친구들도 야속하게 느껴졌어요. 섭섭하고 속상한 마음에 따지듯 말이 튀어나왔어요.

"나 혼자서 김태평 챙기느라 너무 지쳤어. 너희도 좀 도와주면 안 돼? 우리 모둠만 이게 뭐야."

그때 은우가 굳은 얼굴로 말했어요.

"태평이도 잘못했지만 너도 심했어."

"뭐? 나는 우리 모둠 잘되자고 그런 거야."

"제발 너희 둘이 그만 싸우면 좋겠어."

은우의 그 말에 규리의 가슴이 쿵 내려앉았어요.

모든 게 태평이 탓이라고, 규리 편을 들어줄 줄 알았

는데 말이에요.

옆에 있던 정연이가 조심스럽게 입을 뗐어요.

전혀
안 미안해!

"태평이도 잘하고 싶은데 그게 잘 안

되는 건 아닐까? 나도 깜빡할 때가

있거든."

    모둠 친구들은 오히려 태평이 편인 것

만 같았어요. 아무도 마음을 몰라주니 규리는

기운이 쪽 빠졌어요.

    모든 수업이 끝나고, 선생님이 규리와 태평이를

불렀어요.

    "왜 그런 거야?"

    규리는 선생님에게 억울함을 털어놓았어요.

    "태평이가 발표 준비를 안 해서 도와주려고

했던 거예요. 이번 모둠 활동에 꼭 필요한 숙제

인데, 안 해 와서 너무 화가 났어요."

나도 마찬가지!

"저 진짜 했어요. 분명히 가방에 넣어 왔는데 없어졌어요. 근데 규리가 자꾸 안 했다고 하잖아요."

"그래, 서로 입장이 다르니까. 일단 마음을 정리해 볼까? 서로의 마음을 조금씩 헤아려 보면 좋겠어."

미안해.

선생님이 '마음 정리' 종이를 한 장씩 내밀었어요. 모둠 활동 시간에 있었던 일과 미안한 점을 종이에 썼어요.

둘은 서로 마주 보며 사과했지요. 하지만 규리는 알고 있어요. 태평이는 조금도 미안해하지 않는다는 걸요. 사실 규리도 마찬가지였어요.

이게 다 누구 때문인데요! 이제 두 번 다시 우렁각시 따
위는 하지 않을 거예요.

둘은 교실을 나오자마자 홱 돌아 반대로 걸었어요.

"맞다! 내 동화책."

규리는 학교 현관문을 나서다가 오늘까지 도서관에 반
납해야 할 동화책을 두고 온 것이 생각났어요. 귀찮았지
만 부랴부랴 교실로 돌아갈 수밖에요. 앞문으로 빼꼼히
교실 안을 들여다보니 선생님은 계시지 않았어요.

사물함에서 동화책을 꺼내는데, 사물함 아래쪽 틈 사

이로 종이 뭉치가 삐죽 나와 있었어요. 아기곰 사진도 살짝 보였고요. 그건 바로 곰에 대해 조사한 숙제였어요. 종이를 꺼내자, 삐뚤빼뚤한 글씨가 선명했어요.

"뭐야, 김태평 진짜 숙제 했네. 여기에 흘리고 가방에서 찾다니……."

덜컥 미안한 마음이 들었어요. 분명 숙제 안 해 오고 거짓말하는 거라고 철석같이 믿었거든요.

규리는 구겨진 종이를 잘 펴서 태평이 책상 위에 올려놓았어요.

그길로 교실을 나와 교문으로 향했어요. 아직 꽤 쌀쌀한 날씨에 누군가 운동장을 누비며 뛰고 있었어요. 태평이었어요.

"치, 축구는 저렇게 열심히 하면서."

규리의 눈에 비친 태평이는 세상 행복한 표정이었어요.

'지금 웃음이 나오냐.'

방금 혼나고 나온 사람이 맞나 싶었어요.

몸으로 말해요

음매~

드디어 부모님 초대 수업이 있는 날이에요. 규리는 머리를 단정하게 빗고, 미리 골라 놓은 옷을 차려입었어요.

"아빠, 2교시야. 늦지 말고 와야 해요!"

"응, 이따 보자."

"엄마도 가고 싶은데 아쉽다. 규리 파이팅~!"

오늘 엄마는 중요한 회의가 생겨서 아빠만 오기로 했어요.

교실에 도착해서 발표 자료를 다시 한번 훑어봤어요. 다행히 선생님이 준비 시간을 하루 더 주셨고, 규리네 모둠도 발표 준비를 잘 마쳤어요.

1교시가 끝나고 쉬는 시간이 되었어요. 부모님이 하나둘 교실로 들어왔어요. 아이들은 왠지 들떠 보였지요. 규리도 어른들 사이에서 아빠를 찾았어요. 아빠는 환하게 웃음 띤 얼굴로 손을 흔들어 주었어요.

수업이 시작되고 모둠별로 준비한 내용을 발표했어요. 살짝 떨리기도 했지만 규리는 최선을 다했어요.

'아무리 봐도 우리 모둠이 제일 잘한 것 같아. 헤헷.'

모든 발표가 끝나자 선생님이 말했어요.

"여러분이 준비한 발표 잘 들었어요. 그럼 단원 마무리 활동으로 '몸으로 말해요' 퀴즈 게임을 할게요."

이건 예상치 못한 활동이에요. 선생님은 문제가 적힌 스케치북을 꺼냈어요.

"여기에 동물과 관련된 낱말이나 문장이 쓰여 있어요. 모둠 친구 중 한 명이 몸짓으로 문제를 표현하면, 나머지 친구들이 답을 알아맞히는 거예요. 자, 몸짓으로 표현할 친구를 정하세요."

규리가 손을 번쩍 들었어요.

"내가 문제 낼게. 너희들이 맞혀 봐."

규리는 아빠가 보는 앞에서 돋보이고 싶었던 거예요.

제비뽑기로 규리네 모둠이 첫 번째 순서가 되었어요.

규리는 선생님을 마주 보고 섰어요. 선생님은 아이들
뒤에 서서 규리만 볼 수 있게 스케치북을 넘겼어요.

앗, 이럴 수가! 첫 번째 문제부터 속담이에요. 당황한
규리의 머릿속이 새하얘졌어요. 시간은 흘러 가는데,
이러다간 하나도 못 맞힐 것 같았어요.

"빨리 해 봐."

은우가 다급한 목소리로 외쳤어요.
그런데 굳어버린 몸은 꼼짝하지 않았어요.

음매~

눈동자만 굴리고 있을 때, 태평이와 눈이 딱 마주쳤어요. 태평이가 손짓으로 역할을 바꾸자는 신호를 보냈어요. 규리는 고개를 끄덕였고, 태평이가 손을 번쩍 들며 말했어요.

"선생님, 자리 바꿔서 제가 문제 낼게요."

둘은 얼른 자리를 바꾸었어요. 선생님은 스케치북을 넘겨 태평이에게 다음 문제를 보여 주었어요.

갑자기 태평이의 손가락이 규리를 가리켰어요. 두 팔로 긴 기둥을 표현하는가 싶더니 힘차게 고개를 까닥거렸지요.

그때 냅다 큰 소리로 규리가 외쳤어요.

"딱따규리! 아니, 딱따구리!"

재치 있는 표현 덕분에 답을 딱 알아맞혔어요. 교실은 깔깔 웃음바다가 되었고요.

"태평이 정말 순발력 있다. 호호."

선생님도 태평이를 칭찬했어요. 신이 난 태평이가 둘

째 손가락을 입에 댔다 올렸다 하며 까불었어요.

어쨌든 규리네 모둠은 꼴찌였어요. 처음에 시간을 오래 끄는 바람에 몇 문제 맞히지 못했거든요.

규리는 부끄러워 고개를 들 수 없었어요.

"얘들아, 미안. 나 때문에……."

친구들도 기분이 상했을 것 같았어요. 부모님이 보러 오셨는데 꼴찌를 했으니까요.

"괜찮아. 퀴즈 게임은 재밌자고 하는 거야. 근데 나 진짜 잘하지 않았냐?"

태평이가 으쓱하며 말했어요.

"그래, 규리는 맨 처음에 해서 어려웠을 거야."

은우와 정연이도 아무렇지 않은 듯 말했어요.

"아까 딱따규리가 멋지게 답을 맞혔어."

"둘이 환상의 짝꿍이던데?"

친구들의 칭찬에 규리의 마음이 따뜻해졌어요.

규리가 태평이를 보며 엄지를 척 들어 올렸어요.

"인정! 김태평, 진짜 잘했어."

태평이가 어깨를 크게 들썩이며 의기양양하게 웃었어요. 규리네 모둠을 둘러싼 공기가 깃털처럼 가볍고 간질간질했어요.

새로운 작전

"규리야, 선생님 좀 도와줄래?"

"네, 선생님!"

규리가 선생님 앞으로 달려갔어요.

"이번 주 〈작가 페이지〉에 작품을 바꿔 붙여야 하는데, 선생님이 오늘 바쁘네. 지난주에 붙였던 것 떼고, 이 작품들로 바꿔 주겠니?"

"그럼요!"

"규리야, 늘 즐겁게 학급 일을 해 줘서 고마워."

규리가 싱긋 웃으며 작품을 받아 들었어요. 심부름이

나 학급 일을 말끔히 해내면 마음이 뿌듯해요. 마치 게임할 때 '미션 클리어!' 하는 것처럼요. 게다가 칭찬까지 받잖아요.

규리는 교실 뒤 게시판으로 가서 〈작가 페이지〉 코너 앞에 섰어요.

글쓰기 공책에 썼던 글들 가운데 마음에 드는 걸 내면 〈작가 페이지〉 게시판에 일주일 동안 붙여 놓아요. 돌아가면서 작가가 되는 거죠. 매주 친구들이 쓴 새로운 글을 읽어 볼 수 있고, 친구가 쓴 글에 댓글을 달아 줄 수도 있어요.

규리는 지난주까지 붙어 있던 작품을 떼어 내고, 선생님이 주신 새로운 작품을 하나씩 붙였어요.

순간 규리의 눈이 휘둥그레졌어요.

마지막 글의 제목이 '딱따구리 정규리'였거든요.

삐뚤빼뚤 지렁이가 기어가는 듯한 글씨를 보니, 태평이가 쓴 글이 분명해요.

딱따구리 정규리

김태평

내 짝 이름은 정규리이다.
정규리는 나와 아주 다르다. 꼼꼼하다.
하나하나 잔소리를 할 때는 우리 엄마랑
똑 닮았다. 갑자기 딱따구리가 생각나서
'딱따구리' 라는 별명을 지어 주었다.
아무리 생각해도 잘 지었다. ㅋㅋ
또 정규리는 1등을 좋아한다. 뭐든
잘하고 싶어 한다. 싶
물론 나도 잘해 보고 X은데 잘 안 된다.
잘 깜빡한다. 자꾸 웃긴 생각만 떠오른다.
그래도 정규리는 나를 잘 도와준다.
그럴 때는 착한 것도 ~~~~ 같다.

72

문득 마음속에서 따뜻한 공기 방울이 몽글몽글 솟아
올랐어요. 태평이도 잘해 보고 싶은 마음을 가졌다는
게 뜻밖이었지요. 왠지 짠한 마음도 들었어요.

늘 탱자탱자 지내면서도 뛰놀 때만큼은 땀을 뻘뻘 흘
리는 태평이의 밝은 얼굴이 떠올랐어요. 아무리 짜증이
나도 돌아서면 금방 풀려서 헤헤거리는 모습도요.

그때 쉬는 시간이 끝나는 종이 울렸어요. 규리는 재빨리 하던 일을 마치고, 자리로 돌아왔어요.

태평이가 다음 시간 교과서를 꺼내 놓고 앉아 있었어요. 규리의 눈이 똥그래졌어요.

"오, 김태평 웬일이야?"

"노력해 볼게. 근데 놀다가 또 까먹을 수 있다. 놀다 보면 다른 생각이 안 나거든."

"그때는 내가 도와줄게!"

이번에는 입가에 미소가 저절로 피어올랐어요.

'천하태평 바꾸기 작전'이 아니라, 새로운 작전을 펼쳐야 할 때가 왔어요.

제목이 단박에 떠올랐지요.

'천하태평 장점 찾기 작전!'

| 작가의 말 |

좋은 친구가 되고 싶다고요?

여러분은 어떤 친구와 짝이 되고 싶나요? 친절한 친구? 운동 잘하는 친구? 재밌는 친구? 깔끔한 친구? 똑똑한 친구? 마음이 잘 통하는 친구? 이렇게 짝이 되고 싶은 친구의 모습을 하나씩 떠올려 보면 '아, 내가 친구의 이런 점을 좋아하는구나.' 하고 깨달을 수 있어요.

그렇다면 내가 좋아하는 모습과 거리가 먼 친구를 짝으로 만나면 어떨까요? 마음에 들지 않는 점이 친구에게 자꾸 보일 때 말이에요.

규리는 성격이 정반대인 친구 태평이와 짝이 된 후로 스트레스를 받아요. 자기만의 기준을 세우고 그에 맞지 않을 때면 불평을 하죠. 태평이를 자기 입맛대로 바꾸고 싶어서 특별한 작전을 실행하기도 해요.

한편, 태평이 입장에서는 어땠을까요? 규리가 너무 깐깐하고 주장이 강해서 피곤하지 않았을까요? 나 스스로는 내가 정말 괜찮은 사람 같지만, 누군가에게는 성격이 맞지 않아 불편한 사람일 수 있어요.

여러분은 어떤 친구인가요? 누군가에게 좋은 친구일 수도 있고, 그렇지 않을 수도 있겠지요. 한 가지 분명한 사실은 모두가 귀한 존재라는 거예요. 누가 더 낫다 나쁘다 할 것 없이 똑같이 소중하지요. 그러니 각자의 개성을 펼칠 수 있게 친구를 응원하고, 존중해 주어야 해요.

우리가 서로서로 인정하고 존중할 때, 다양한 빛깔이 어울려 반짝반짝 빛나는 아름다움과 마주할 수 있을 거예요.

다양한 빛깔과 향기를 응원하는
동화 작가 **임민영**

작가의 말 **77**

본격적으로 책 읽기를 시작하는 어린이를 위한

저학년은 책이 좋아

서울시립어린이도서관 권장 도서 | 고래가숨쉬는도서관 선정 | 국민독서문화운동본부 선정 | 한국학교도서관사서협회 선정
한국문화예술위원회 문학 나눔 선정 | 국립어린이청소년도서관 선정

〈저학년은 책이 좋아〉 시리즈는 계속 출간됩니다.

잇츠북어린이는 우리 어린이들이 책과 친한 친구가 되기를 바라는 마음으로 재미있는 책을 만들고 있어요. | E-mail locis@naver.com